Le Canapé couleur d

Louis Charles Fougeret de Monbron

Alpha Editions

This edition published in 2023

ISBN : 9789357941235

Design and Setting By
Alpha Editions
www.alphaedis.com
Email - info@alphaedis.com

Contents

CHAPITRE PREMIER.
La Vergogne du Procureur, & le changement
merveilleux du Canapé. ....- 1 -

CHAPITRE IL
Du Pays de l'inconnu, & de ce qui occasionna sa
metamorphose. ....- 3 -

CHAPITRE III.
Arrivée de Commode au Palais de Crapaudine; &
comme il y fut accueilli par les autres femmes de sa Cour.....- 5 -

CHAPITRE IV.
Les nouveaux Amans pris en flagrant délit: la disgrace de
Printaniere, & la métamorphose de Commode en canapé
pour avoir fait à la Princesse un affront que le sexe ne
pardonne pas. ....- 7 -

CHAPITRE V.
Une celebre embocheuse de filles achete le canapé;
un Abbé recommandable par ses exploits d'amour,
en a l'étrenne. ....- 9 -

CHAPITRE VI.
Le préambule du saint homme & ce qui s'ensuit. ....- 11 -

CHAPITRE VII.
D'un Abbé qui se faisoit fouetter, pour réveiller
en lui la partie brutale. ....- 13 -

CHAPITRE VIII.
Quatre Moines se trouvent chez la Fillon sans le
sçavoir, & y font par occasion ce que l'on fait en
si bon lieu. ....- 15 -

CHAPITRE IX.
Des joueurs de convulsions achetent le canapé. ....- 18 -

CHAPITRE X.
Le Canapé vendu à une Dévote, les peines &
les mortifications qu'il essuye à son service. ....- 20 -

CHAPITRE XI.
Le Canapé entre chez le Procureur, & y recouvre
sa premiére forme au bout de dix ans. ....- 22 -

CHAPITRE PREMIER.
La Vergogne du Procureur, & le changement merveilleux du Canapé.

Un Procureur qui avoit consumé toute sa jeunesse à ruïner de pauvres Plaideurs, voulant, comme l'on dit, faire une fin, résolut de consacrer à l'himen quelques années qui lui restoient à vivre. Il jetta, pour cet effet, les yeux sur la veuve d'un de ses Confreres: elle étoit jeune, & de figure à faire naître des desirs aux plus insensibles. Aussi ses charmes donnérent-ils si vivement dans la visiére de Maître Grapignan, que pour s'épargner la peine de soupirer en vain, il fut lui offrir sa vieille personne, & par dessus le marché cinquante mille écus, qui étoient le reste de ses petites épargnes. La Dame comptant, comme de raison, enterrer bien-tôt celui-ci avec l'autre, n'hésita point à lui donner la main. On célébra les nôces: quant à la cérémonie & au banquet, tout alla au mieux. Tandis que les parens & amis des Conjoints tintamaroient à la maniére de gens qui ne se sont jamais vûs, & qui s'entretiennent avec cordialité d'un bout de chambre à l'autre, le nouveau Couple s'éclipsa, & fut se retrancher dans le cabinet de toilette préparé pour Madame.

La porte soigneusement barricadée, & la portiére par-dessus; Monsieur de la chicane, crachant d'avance le cotton, conduit sa fringante épouse sur un canapé, où la belle, avantageusement postée, se prépare à lui en donner pour ses vieilles menteries, & pour son argent. Mon Dieu, dit-elle, mon ami, quelle chaleur il fait aujourd'hui! En vérité on étouffe. C'est, répond-il, que nous sommes dans les jours caniculaires. Voici, continua-t'elle en se couchant à demi, un admirable canapé pour la commodité. Oui, repart-il, rien n'est plus commode. J'y fais la méridienne depuis dix ans.

Cependant Madame quitte son fichu, & dévoile des appas qui ressuscitent l'humanité du Procureur. Il s'émancipe, il tâte, il baise, il tressaille… enfin déboutonnant & baissant son haut-de-chausse, il lui léve la jupe, & se met en posture de lui faire gagner son douaire. Mais inutilement, après avoir sué sang & eau, & fait craquer le canapé pendant une heure, il est contraint d'abandonner la besogne.

Comme on se rajustoit tristement de part & d'autre, pour aller rejoindre la compagnie, on entendit un cri de joie, & tout-à-coup le canapé changeant de forme, prit celle d'un jeune homme parfaitement beau & bien fait. Miséricorde! s'écria le Procureur plus effrayé de cette merveille que sa femme: êtes-vous l'ame de quelque malheureux qui auroit besoin de priéres? Je n'ai besoin de rien, répondit l'inconnu, & je ne suis point un revenant comme vous l'imaginez. Je n'ai pas cessé de vivre, quoique j'aie été métamorphosé: & si vous daignez me prêter une oreille attentive, je vous conterai mon avanture, aussi-bien vous dois-je cette satisfaction, puisque c'est à vous à qui je suis redevable d'avoir recouvré mon premier état. Ha! dit la nouvelle mariée, je vous en conjure… mais nous n'avons plus de canapé, & je ne vois ici qu'un siége; mon ami, vas-en chercher deux autres. Oh! parbleu, Madame, dit le nouvel hôte, il seroit honteux que vous fussiez entrée ici sans étrenner; je profiterai, s'il vous plaît, des instans que votre mari nous laisse. Quoique je serve depuis si long-temps de siége à autrui, je suis assez reposé sur l'article pour vous donner en bref un témoignage du respect & de la consideration que j'ai pour vous. Il dit, & fit les choses si promptement, que le Procureur ne s'apperçut de rien à son retour.

CHAPITRE II.
Du Pays de l'inconnu, & de ce qui occasionna sa metamorphose.

Quand le trio fut assis, l'inconnu se moucha, cracha & rompit le silence en ces termes: je suis un Gentilhomme des environs de Liege, allié aux meilleures Maisons du Pays. Mes biens sont situés sur les bords de la Meuse, auprès des Ardennes. Je ne vous dirai pas mon nom, parce que je ne crois point que cela soit bien essentiel; & puis il y a si long-temps que je suis canapé, que je ne sçai trop si je m'en souviendrois au juste. Ainsi je me nommerai, si vous le trouvez bon, le Chevalier Commode, à cause de la commodité que tant d'honnêtes gens, y compris Monsieur & Madame, ont trouvée chez moi, lorsque j'étois fait pour la mollesse, le repos & les plaisirs des deux sexes.

Je n'avois de passe-temps, jadis, que la chasse: dès le matin j'entrois dans la forêt, & je n'en sortois rarement que le soir; tantôt je prenois des oiseaux à la pipée, tantôt à la gluë, une autre fois aux filets: en un mot le seul amusement que j'eusse au monde je sçavois le varier, de maniére que je ne m'ennuyois jamais. Un jour que je m'étois plus fatigué que de coutume, je m'endormis sous une feuillée épaisse. De ma vie, il m'en souvient encore, je n'eus, en dormant, de songes plus agréables: à la vérité j'étois bien en état d'en avoir de semblables, n'ayant alors qu'environ 18. ans. Je m'éveillai enivré de ces plaisirs que l'on sent & que l'on ne définit pas. Mais quelle fut ma surprise lorsque je vis à côté de moi une charmante personne, dont l'image adorable m'avoit occupé si délicieusement pendant mon sommeil. Elle sçavoit trop bien lire dans les cœurs, pour ne point voir ce qui se passoit alors dans le mien: entraîné par l'amour, retenu par la crainte, je voulois parler & n'osois. Ces mouvemens divers lui expliquoient mieux ce qui se passoit dans mon ame, que tout ce que la parole auroit pû me suggerer de plus délicat & de plus tendre, & mes yeux interprétes fidéles de mes sentimens, lui tinrent un langage si pressant, qu'elle eut pitié de moi & me parla ainsi:

Vous êtes étonné, sans doute, de voir une fille de ma sorte dans ces lieux sauvages & déserts? Ma foi, Madame, dis-je en me levant, on le seroit à moins. Ce n'est guéres l'usage de trouver des personnes de votre figure, & parée comme vous l'êtes dans les Forêts: je ne sçai si ceci est un rêve. Non, reprit-elle, vous ne fûtes jamais plus éveillé; fiez-vous en à moi, je m'y connois: à la bonne heure, repartis-je, mais ne pourrois-je sçavoir à qui j ai l'honneur de parler maintenant? A la Fée Printaniére, répondit-elle, premiere Dame de compagnie de la Fée Crapaudine, qui régne depuis six cents ans dans les Ardennes. Voilà, dis-je, pour une Souveraine, un vilain nom. Oh! si vous la voyiez, repartit Printaniére, vous trouveriez que son nom quadre assez bien avec sa figure. Mais puissiez-vous ne la voir jamais! que je meure, répondis-je, s'il m'en prend envie sur l'idée que vous m'en donnez. Ah! poursuivit-elle en soûpirant, & laissant échaper quelques larmes, vous ne la verrez peut-être que trop tôt pour votre malheur & le mien; car il est inutile de vous cacher que je vous aime; & le sort qui vous menace ne me permet pas de vous laisser ignorer plus long-temps mon ardeur.

Crapaudine vous vit ces jours passez tirer des Merles avec la Sarbacane, votre bonne mine & votre dextérité lui ont tellement gagné l'ame, qu'elle a résolu de vous enlever & de vous faire tireur ordinaire de ses plaisirs. Parbleu, répondis-je en colére, que Madame Crapaudine cherche ses tireurs où il lui plaira, je tire pour mon amusement &… Hélas! interrompit Printaniere, elle seroit femme à vous faire tirer pour le sien jusqu'à vous mettre sur les dents; car elle ménage si peu son monde! Ce ne seroit point la fatigue qui me rebuteroit à son service, repliquai-je, si elle étoit aussi aimable que vous, & je fixerois volontiers mon bonheur au plaisir d'être attaché à une personne de votre mérite. Eh! bien, reprit Printaniére, me regardant tendrement, il ne tient qu'à vous d'être heureux: Mais déterminez-vous promtement, & voyez si vous voulez me suivre, tandis qu'il est encore tems. Si Crapaudine arrivoit, je ne serois point Maîtresse de vous secourir. Ah! mon adorable Fée, m'écriai-je, pour fuïr un pareil monstre & vivre sous vos loix, j'irai, s'il le faut, dans les climats les plus éloignés. Ce n'est pas la peine, dit Printaniére, Crapaudine nous découvriroit, fussions-nous au centre de la terre; d'ailleurs ma destinée me fixe à sa cour: je ne puis m'en éloigner sans ses ordres. Mais je sçais un moyen de vous avoir toûjours auprès de moi, même à ses yeux. Il n'est question que de sçavoir si vous m'aimez assez pour vous résoudre à être métamorphosé en petit épagneüil. J'y consens, à condition, néanmoins, que quand nous serons dans votre appartement, je reprendrai ma forme ordinaire. Voilà qui est fait, repartit Printaniere: en même temps elle me donne un coup de baguette & me transporte à travers les airs sous la figure du plus joli petit chien du monde.

CHAPITRE III.
Arrivée de Commode au Palais de Crapaudine; & comme il y fut accueilli par les autres femmes de sa Cour.

Nous arrivâmes en deux minutes trente & une secondes à l'appartement de Crapaudine. Printaniere ne m'avoit pas trompé en me disant que son nom quadroit avec sa figure. La Princesse avoit environ quatre pieds de haut sur trois de large, de petits yeux louches & fistuleux, tendres & languissans à ravir; le front petit & triangulaire, les sourcils & les cheveux du plus beau roux du monde; les joües pendantes & livides, mais appétissantes; une bouche d'une grandeur très-honnête, parée d'une demi-douzaine de dents, couleur de chocolat, le tout merveilleusement assorti, avec le plus aimable petit nez pointu qu'on puisse voir, ayant au cou une légere cicatrice d'écroüelles, qui ne paroissoit presque pas, & deux grossissimes tetons mulâtres, qui n'en faisoient qu'un par l'étroite union que la nature avoit mise entr'eux, lesquels étoient étayés & retenus par une crevée à l'épreuve.

Crapaudine assise alors dans une maniere de chaire curule, très-basse, à cause de ses petites jambes, & prodigieusement évasée, eu égard à l'énorme largeur de ses fesses, s'amusoit avec ses femmes à éplucher des oignons pour une salade de pissant-lits, qu'elle avoit pris la peine de cueillir, de ses propres mains, sur les remparts du Château. Eh bien! dit-elle d'une voix de basse-contre à Printaniere, avez-vous vû mon tireur de merles? Non, Madame, j'ai parcouru toute la forêt, & quelque éxactes qu'aient été mes recherches, je n'ai pû en apprendre de nouvelles. Allez, ma mie, répondit Crapaudine, vous ne serez jamais qu'une sotte: on trouve toujours un homme quand on veut le trouver: & si vous aviez bien cherché... mais je ferai moi-même mes commissions. Que demain avant l'aurore tous mes équipages soient prêts pour la chasse, nous verrons si j'aurai meilleur nez que vous. Tarare, voulus-je dire; & au lieu de tarare, je ne fis qu'aboyer. Oh! oh! demanda la Princesse, d'où vous vient ce petit animal? Madame, dit Printaniere, il y a quelque tems que je l'ai: une Bohémienne, en reconnoissance de quelque service que je lui ai rendu, m'en a fait present. Sçait-il faire quelque chose? Oüi, Madame, il danse, il saute, il rapporte. Eh! quel nom lui donnez-vous? Celui de Bacha. Mettez-le à terre, que je le voye. Venez ici Bacha. Mais au lieu d'obéir, je me mis à lui montrer les dents, & me retranchai sous les jupes de mon aimable Maîtresse, où je vis d'avance une partie des charmes que je me promettois d'inventorier à mon aise lorsque je serois chez elle. Excusez, Madame, dit Printaniere, il est un peu sauvage quand il ne connoît pas son monde. Ce qu'il y a pourtant de vrai, c'est que je ne l'étois point alors pour ma belle Fée, quoique je ne la connusse que depuis quelques momens. Je m'élançois le long des ses jambes, je lui baisois les genoux; & mes petites pattes & ma langue alloient fourageant où elles pouvoient atteindre.

Cependant la Princesse ayant achevé d'éplucher ses oignons, on mit sur table, & j'eus l'honneur d'être present à son souper, qui consistoit en un haricot aux navets pour entrée, une oye grasse pour rôt, accompagné de sa salade, & pour entremets un cervelat de la rue des Barres, avec deux plats de dessert, composé d'un demi-quarteron de poires de Martin sec, & d'un morceau de fromage de Brie, exhalant une odeur tout-à-fait semblable à celle dont Henry IV. faisoit si grand cas. Tandis que Crapaudine repaissoit ainsi, toutes les Dames du Palais me mangeoient de caresse, l'une me donnoit du bonbon, l'autre des petits patés à la crasse de quelques mies qui tomboient de dessus la nappe; celle-ci me passoit la main sur le dos, celle-là sous le ventre, une autre m'essuïoit les yeux avec mes longues oreilles; (car c'est le défaut des chiens d'être toujours chassieux) enfin, de ma vie je ne fus si bien fêté.

La Princesse ayant cessé de manger & dit ses graces, elle fila environ une demi-bobine de soie par maniére de récréation, après quoi on la deshabilla & elle se mit au lit. Quand on nous eut congédiés, chacune de ces Dames vouloit me mener coucher avec elle; mais cela n'étant ni du goût de Printaniere, ni du mien, nous les quittâmes, & fûmes nous enfermer dans notre appartement, où ayant repris ma forme, j'emploïai mon temps à toute autre chose qu'à lécher, comme je faisois un instant auparavant. Heureux! si je l'avois moins bien employé! je vivrois peut-être encore avec cette charmante Fée; mais il falloit remplir l'ordre de notre destin.

CHAPITRE IV.
Les nouveaux Amans pris en flagrant délit: la disgrace de Printaniere, & la métamorphose de Commode en canapé pour avoir fait à la Princesse un affront que le sexe ne pardonne pas.

Nous passâmes les deux tiers de la nuit plongé dans ce que l'amour a de plus délicieux & de plus exquis. Cependant la fatigue nous arrachant à des plaisirs dont il nous étoit impossible de nous rassasier, le sommeil s'empara de nos sens; & ayant oublié qu'il y avoit chasse le lendemain, nous dormîmes si bien, que Crapaudine nous surprit, Printaniere & moi, sous la même couverture. Mon infortunée Maîtresse fut sur le champ disgraciée & transportée dans les airs je ne sçais où. Pour moi, la Princesse m'enferma elle-même dans une chambre voisine de son appartement. J'y avois déja passé les deux plus cruelles heures de ma vie, en déplorant plus la perte de l'objet de mon ardeur, que celle de ma liberté, lorsque Crapaudine entra dans une espece de deshabillé, à dessein, sans doute, de me séduire.

Eh bien! Monsieur le tireur de merles, dit-elle en m'abordant & fermant scrupuleusement le verroux, vous venez donc débaucher nos filles? Sçavez-vous qu'aucun mortel jusqu'en ce jour n'eut l'audace de s'introduire dans ce Palais impunément, & que je devrois punir votre témérité? Ma foi, répondis-je, Madame, c'est votre faute. Que ne me laissiez-vous prendre mes merles en repos? Et qui vous en a empêché, reprit-elle en se donnant des graces? Vraiment, repliquai-je, nous sçavons le dessein que vous aviez sur notre personne, & ce n'a été que pour l'éluder que je me suis laissé enlever. Ah! petit traître, s'écria-t'elle, imitant le faucet! voilà donc de vos tours? Quoi? vous sçavez que je vous aime, & au mépris de ma tendresse, de mon rang & de mes charmes... A l'égard de vos charmes, interrompis-je, je n'en avois qu'une légére idée au portrait que Printaniere m'en a fait; mais à present que je les vois en original, je leur rends toute la justice qui leur est dûë. Oh! vous convenez donc de la différence qu'il y a de moi à cette petite étourdie, dont vous vous étiez coëffé? Assurément, répondis-je, vous ne vous ressemblez en aucune façon. Çà, continua-t'elle en se haussant sur la pointe des pieds pour me caresser le menton, ce n'est point assez que vous reconnoissiez ce que je vaut, il faut m'en donner des preuves. Eh! quelles preuves, Madame, éxigez-vous de moi? Mais... dit-elle en s'inclinant dans une bergere, & me tirant entre ses bras, il est des choses que la modestie ne nous permet pas d'expliquer: c'est à vous de les deviner. Puis la passion la suffoquant, elle balbutia mainte autre belle phrase que je n'entendis pas. Cependant je ne sçais comment cela se fit: je me trouvai la culotte presque sur les talons, dans un état passablement honnête; & par un charme inconcevable, je me mettois en devoir de la besogner, lorsqu'un lacet de nompareille, qui contenoit sa gorge, venant à rompre, me fit tomber deux tetons énormes au-dessous de la ceinture. Cet accident me tira de l'enchantement où le diable m'avoit jetté; & à l'aspect d'une joüissance si monstrueuse, je ne me retrouvai plus.

Crapaudine néanmoins ayant peine à quitter prise, me serroit toujours étroitement, & se trémoussoit sous moi de son mieux. Mais ses efforts n'aboutissant à rien, l'amour fit tout-à-coup place à la rage: & l'inhumaine me détachant sur la poitrine un des meilleurs coups de poing qui se soit jamais donné; je me fis, en tombant à dix pas de là, une bosse à la tête & une contusion au derriere dont je me ressens encore aujourd'hui, faute d'avoir été pansé dans le temps. Enfin Crapaudine me lançant, de ses petits yeux chassieux, des regards à faire dresser les cheveux de frayeur, me prononça cet Arrêt.

Pour expier l'injure que tu m'as faite, dit-elle, on prendra désormais sur toi les plaisirs que tu n'as pû me procurer. Tu serviras indistinctement à tout le monde, maître & valet; chacun te fera gémir sous les secousses qu'il te donnera; & tu ne recouvreras ta premiére forme, que lorsqu'entre tes bras on aura commis une faute égale à la tienne.

En même temps elle me crache au visage; & avant que je pusse m'essuyer, je me trouvai canapé: incontinent après je fus emporté par quatre génies à Paris, & exposé en vente sur le Pont-Saint-Michel.

CHAPITRE V.
Une celebre embocheuse de filles achete le canapé; un Abbé recommandable par ses exploits d'amour, en a l'étrenne.

Il n'est pas, continua le Chevalier Commode, que vous n'ayez oüi parler de la Fillon, cette femme si recommandable par les plaisirs clandestins qu'elle procuroit à tout le monde en bien païant. Ce fut à elle à qui je fus adjugé par enchere; & l'on me plaça, aussitôt mon arrivée, dans un cabinet préparé pour les joyeux ébats. Comme la Fillon étoit extrêmement achalandée, je n'y fus pas long-tems sans étrenner.

Le premier que j'eus l'honneur de porter, fut un Abbé, que ses talens à récréer le beau sexe, ont fait parvenir à la Prélature. J'avoüe que de mes jours je ne fus secoué si vigoureusement & à tant de reprises. Est-il possible, interrompit le Procureur, que gens de cette robbe fréquentent de semblables endroits? Eh! pourquoi non, reprit le Chevalier? L'affublement apostolique est-il un préservatif contre l'incontinence? Si vous le croyez, que vous êtes dans l'erreur! Mettez-vous en tête que la plûpart de ceux qui embrassent cet état, n'ont en vûë que de se procurer une vie tranquille & voluptueuse: éxempts de tous les embarras de ce monde, ils n'en connoissent que les plaisirs; & c'est pour se les assurer, qu'ils se sont imposés la loi du célibat. A leur habit évangélique, toutes les portes sont ouvertes: ils s'insinuent adroitement dans le sein des familles, & s'en rendent tôt ou tard les maîtres; de pauvres maris se voient contraints, pour entretenir la paix dans le ménage, d'inviter les caffarts à boire leur vin; heureux encore si on les en quitte à si bon marché! Mais tandis qu'ils sont occupés du soin de leurs affaires, que n'ont-ils point à redouter des manœuvres de ces pieux fainéants. Fy, fy, s'écria la Procureuse, j'aimerois mieux recevoir chez moi le Régiment des Gardes qu'un homme d'Eglise. Ma mie, dit le Procureur, ne voïons ni les uns, ni les autres, ce sont de mauvaises connoissances. Oh! mon fils ce que j'en dis n'est que pour vous prouver combien je suis éloignée d'avoir de liaison avec aucun membre du Clergé. Il ne faut jurer de rien, répondit Commode, si vous aviez connu celui qui me remua de si bonne grace, vous auriez eu bien de la peine à lui refuser votre estime: au moins suis-je très-persuadé qu'il n'y a point de femmes à la Cour qui ne lui ayent accordé la leur; & vous conviendrez qu'elles y sont connoisseuses en mérite, autant & plus qu'ici. C'étoit donc un homme bien rare, dit la Procureuse d'un ton de convoitise? Rare au point, que si j'avois eu souvent affaire à gens aussi déterminés, je n'y aurois jamais résisté, eussai-je été de fer: & j'avoüe à sa gloire, que pendant plusieurs assemblées du Clergé, où j'ai eu l'honneur d'être exercé par tous les gros Abbés & Monseigneurs du Monde, je n'en ai jamais trouvé de si francs sur l'article, pas même chez Messieurs du grand Couvent. Quoy? s'écria le Procureur, vous aviez la pratique des Cordeliers? qu'y a-t-il d'extraordinaire à cela? nous avions celle de tous les Ordres Réguliers & Séculiers de la Ville; & bien nous en prenoit; car les gens du bel air nous escroquoient si fréquemment que nous aurions été contraints mille fois à fermer boutique, sans les secours quotidiens dont l'Eglise nous gratifioit. Aussi le Sacerdoce étoit-il toûjours servi par préférence aux autres états. Dès qu'il se presentoit un pucelage à dénicher, c'étoit un Prélat, ou quelque Prieur bien renté qu'on en accommodoit. A propos d'aubaine de cette espece, il faut que je vous fasse part de l'entretien d'un Doyen de Chapitre avec une jeune personne dont il eut les prémices.

CHAPITRE VI.
Le préambule du saint homme & ce qui s'ensuit.

Eh bien! ma chere enfant, disoit le pieux Ribaud en la faisant asseoir sur moi à côté de lui; quel âge avez-vous? J'ai quatorze ans, Monsieur. Et vous n'avez encore vû personne? Qui que ce soit. Tant mieux; car tout dépend de la façon dont on entre dans le monde: c'est le commencement de la vie qui décide pour tout le reste. A l'âge où vous êtes, il est difficile de débuter comme il faut, si l'on n'est dirigé & conduit par d'honnêtes gens: quel malheur pour vous, ma fille, si vous étiez tombée entre les mains de quelqu'homme du siécle! Eh! mais, Monsieur, que m'en seroit-il arrivé, je vous prie? Ce qu'il arrive à ceux qui reçoivent de mauvais principes; vous vous seriez égarée. L'esprit de débauche & de libertinage est si généralement répandu chez les mondains, qu'on risque tout à les fréquenter. Ce sont la plûpart des traîtres qui vous ayant ravi votre innocence, vous abandonnent ou vous entraînent avec eux dans les voies de l'iniquité. Voilà bien du préambule pour dépuceler une fille, interrompit le Procureur. En ces sortes de rencontres, répondit le Chevalier, il est quelquefois essentiel de préambuler, souvent on ne recule que pour mieux sauter. D'ailleurs quoique l'on soit d'Eglise, ne vous imaginez pas que l'on en vaille davantage; si cela étoit, chacun voudroit en être; le métier est déja si bon par lui-même: & puis quand le Sacerdoce communiqueroit les facultés prolifiques, ne faut-il pas que toute chose prenne fin? Un chef de Chapitre n'est point censé ordinairement un jeune Clerc. Cependant donnez-vous patience, & vous verrez qu'il ne s'en tint pas à son Prône. La modestie, continua Monsieur le Doyen en posant une main sur l'épaule de la femelle, & laissant échaper, comme par hazard, deux de ses doigts entre la chair & le fichu, la modestie est la vertu la plus nécessaire au sexe; elle ajoute à ses perfections & diminuë ses défauts: une jolie personne l'est doublement, quand, loin de s'enorgueillir des avantages dont la nature l'a favorisée, elle les estime toujours au-dessous de ce qu'ils sont, & ne se presse jamais de les faire connoître. Vous êtes dans ce cas-là maintenant, ou je suis bien trompé; votre fichu derobbe aux yeux des choses qui doivent être fort belles, à en juger par ce qui n'est point caché. Monsieur dit la nouvelle proselite, cela vous plait à dire, je n'ai rien de beau. Oh! je gage que si, répond l'homme de Dieu en lui découvrant un côté de la gorge. Comment diable, s'écria-t-il émerveillé de ce qu'il voyoit, vous n'avez rien de beau! Ah! friponne! vous serez fouettée. Puis le paillard la couche de son long, lui leve la chemise; & lui ayant claqué préalablement les fesses, il me fit plier un instant après sous ses efforts: les obstacles enfin augmentant son courage, j'entendis faire deux ou trois fois ouf à la fille; & je n'entendis plus rien, preuve qu'il n'y avoit plus rien à faire. Il lui trouva, sans doute, des allures telles qu'il les lui falloit; car il nous l'enleva dès ce jour: mais de peur d'être tôt ou tard embarrassé pour les frais de gésine, il la fit épouser à un riche benet de ses amis; au moyen de quoi le bon Prêtre fut déchargé de tout. Peste dit le Procureur, l'expédient n'est pas d'un mal-à-droit. Bon, repartit Commode, il n'y a rien de plus ordinaire que ces sortes de tours de la part de Messieurs les gens d'Eglise: c'est pour eux que l'on se marie, quand on prend femme de leurs mains. Vous devez avoir été témoin de scénes bien originales, dit la Procureuse, dans une semblable maison? Oui répond le Chevalier, & ce sont les Ecclésiastiques qui y ont joué les plus grands rôles. Je vais vous en conter une assez singuliere: mais respirons un peu auparavant.

CHAPITRE VII.
D'un Abbé qui se faisoit fouetter, pour réveiller en lui la partie brutale.

Commode ayant pris du tabac, & éternué cinq ou six fois, parce qu'il avoit perdu l'usage de cette poudre céphalique, dont la principale vertu est de barbouiller le nez, continua à parler ainsi:

Comme je ne devois reprendre ma premiere forme qu'aux conditions que vous sçavez, je ne demandois pas mieux que d'avoir de la pratique malgré la fatigue que cela me causoit, mettant toujours mon espoir en l'insuffisance de quelque passe-volant. Un jour donc que je m'ennuyois d'être seul, il entra dans mon cabinet une jeune Demoiselle, & peu-à-près un Abbé qui pouvoit avoir environ la cinquantaine. Les portes étant soigneusement fermées, les rideaux tirés, & tout jusqu'au moindre petit trou bouché avec précaution; la fille lui cria d'un ton couroucé: D'où venez-vous, libertin? Ne vous ai-je pas défendu de sortir sans ma permission? Ma chere mere, répond l'Abbé d'un air soumis, & contrefaisant au mieux l'Ecolier; je viens du Catéchisme. Du Catéchisme, effronté! à l'heure qu'il est! vous êtes un menteur: En même tems elle lui lâche deux ou trois soufflets & autant de coups de pied dans le derriere. Voïons, voïons, dit-elle, si vous avez profité. Combien y a-t-il de péchés mortels? Il y en a… Il y en a, ma chere mere, je ne m'en souviens pas. Comment, fripon que vous êtes, vous ne connoissez pas vos péchés mortels! Oh, je vous apprendrai à les connoître, moi. Allons vite, à genoux. Ah! ma chere maman, s'écria-t-il, je vous demande pardon, je les étudierai. Non, non, repliqua-t-elle, s'étant munie d'une poignée de verges, vous aurez le fouet: culottes bas. L'Abbé après quelque legére résistance découvre l'échantillon d'un derriére jaune, sec & ridé. Oh! poursuivit la fille, cela ne suffit pas, il faut tout voir. Puis elle lui attache la chemise aux épaules & lui baisse la culotte aux jarets. Enfin dès qu'il eut reçû environ une demi-douzaine de coups, il feignit de vouloir les esquiver avec les mains, mais elle les lui lia par devant & l'étrilla ensuite jusqu'au sang. Quel diable de ragoût, dit le Procureur! Et qu'arriva-t-il de cela, s'il vous plaît? Qu'il pensa me rompre les reins au même instant sur sa fouetteuse, & que jamais on ne s'acquitta d'un exploit de cette espece aussi vigoureusement. Mais devinez ce qu'il fit pour procéder au second? Que sçais-je, répondit le Procureur, il mangea peut-être une pomme de rénette & bût un verre d'eau par-dessus. Point du tout, poursuivit le Chevalier, il ne fit que changer de rôle: au lieu d'Ecolier, il devint Maître, & la Maîtresse devint Ecoliere. De façon, dit la Procureuse, que la Maîtresse fut fouettée à son tour. Justement, répartit Commode, l'Abbé, pour se remettre en humeur, donna une legére teinte d'incarnat au derriere le plus blanc & le plus appétissant du monde. Il faut avouer, ajouta la Procureuse, que voilà un secret de ressuciter les puissances bien singulier & bien bizarre. Vous vous trompez, répliqua le Chevalier, rien n'est plus naturel & plus de mode aujourd'hui: cela s'appelle la cérémonie; & il n'y a pas jusqu'aux moindres Communautés consacrées à Venus où l'on ne trouve toujours provision de verges pour ceux qui sont dans ce train-là. Il n'est pas douteux que la cérémonie, puisque cérémonie y a, ne mette le sang en mouvement; & c'est pour les personnes difficiles à émouvoir, que la chose a été imaginée. Les effets en sont si prompts & si miraculeux, que je serois peut-être encore Canapé maintenant, si Monsieur en avoit essayé avant de tenter l'aventure. Male-peste, s'écria le Procureur, je ne suis pas si fou: J'ai été étrillé en ma jeunesse à saint Lazare, mais autant qu'il m'en souvient, cette cérémonie alors n'étoit rien moins qu'amusante pour moi. Vraiment, je le crois bien, répondit Commode. Quelle comparaison! la main d'un grand coquin de Frere Lai n'a point la vertu de celle d'une jolie femme: si vous aviez été aussi bien aux Feuillantines qu'à saint Lazare, je gage que vous n'auriez jamais voulu en sortir, & que vous vous seriez aisément habitué aux corrections que de jeunes & fringantes Sœurs vous auroient données. En voici assez, dit la Procureuse, sur l'article de la cérémonie & de son excellence. Tant & si peu que vous voudrez, répondit le Chevalier, quand je vous ennuierai, faites-moi l'honneur de m'avertir. Vous n'êtes point fait, répartit civilement le Procureur, pour ennuier personne, & nous avons tant de plaisir, Madame & moi, à vous entendre, que si nous ne craignions d'abuser de votre complaisance, nous vous prierions de nous raconter quelqu'autre chose. Volontiers, reprit Commode, écoutez cette avanture-ci.

CHAPITRE VIII.
Quatre Moines se trouvent chez la Fillon sans le sçavoir, & y font par occasion ce que l'on fait en si bon lieu.

Deux Mousquetaires assiégés un matin par quatre Moines qui venoient leur demander à dîner, firent entendre aux Reverends, qu'il seroit plus convenable qu'ils mengeassent en maison bourgeoise, qu'à l'hôtel où la Jeunesse dissolue & peu dévote ne rendoit pas toujours ce qu'elle devoit à gens d'un caractere aussi respectable que le leur. Les Peres flattés des égards que ces Messieurs paroissoient avoir pour eux, défererent à leur sentiment; & consentirent, pourvû que la chére fût bonne à les suivre par-tout où ils voudroient. En quel endroit mener ces canailles-là, dit l'un des Mousquetaires, à l'oreille de son camarade? Te voilà bien embarrassé, répondit-il: Parbleu, il n'y a pas tant de cérémonie à faire; menons-les chez la Fillon, personne ne joue mieux le rôle d'honnête femme qu'elle; il lui sera facile d'en imposer à de pareils nigauts, qui, vraisemblablement, ne la connoissent pas. Il n'est question que de la dire parente de l'un de nous, & de lui supposer un nom. Nous l'appellerons, si tu veux, la Comtesse de Grandfond. Oui dà, répartit l'autre, cela fait un beau nom. Messieurs, dit-il, haussant la voix, nous irons dîner chez la Comtesse de Grandfond, tante du Baron. Nous y serons bien reçus, je vous jure; c'est une Dame qui fait parfaitement les honneurs de chez elle. A l'égard du cérémonial, que cela ne vous inquiéte pas: Vous ne serez gênez en aucune maniere, vous boirez à votre soif, & vous aurez la liberté d'aller pisser dès l'entre-mets, si l'envie vous en prend; ce qui n'est pas une bagatelle, d'autant plus que dans les tables bien réglées, c'est une espece d'indécence d'y aller avant le dessert. Ma foi, répondit un des Peres, je me mocque de l'indécence; quand j'ai quelque besoin, je ne me retiendrois pas pour le Pape. N'est-il point du dernier ridicule de s'asservir à de sottes & frivoles bienséances qui ne tendent qu'à la destruction du genre humain? Pour moi, Messieurs, j'aime mieux braver le préjugé que d'en être le martyr. Tandis que sa Reverence s'expliquoit ainsi, on avoit dépêché un Grison à la Fillon pour la pressentir sur le personnage qu'elle devoit faire, moyennant quoi la scéne fut jouée au naturel.

En vérité, mon Neveu, dit-elle, voyant arriver la Compagnie, vous n'êtes point raisonnable de m'amener ces Messieurs sans m'en donner avis. Je suis honteuse de n'avoir que mon ordinaire à leur offrir. Madame, répondit d'un ton grivois un des Moines; à petit manger bien boire: nous nous accomoderons de ce qu'il y aura. Bon, bon, répondit le prétendu Neveu, ne prenons pas les paroles de ma tante à la lettre, elle se plaît parfois à tromper son monde, &... Sçavez-vous, interrompit la Fillon, que Mesdemoiselles Finelame & du Déduit sont des nôtres? Morbleu tantpis, répartit l'autre

Mousquetaire, les Reverends Peres le trouveront peut-être mauvais, elles sont si jeunes… Vous vous mocquez, s'écrierent-ils tous ensemble, la compagnie des Dames ne nous fait point de peur: vraiment, plus on est de foux, plus on rit, il suffit qu'elles soient de votre connoissance, pour que nous soyons charmés de les voir. Les Enfroqués ne languirent pas long tems dans l'attente, les Belles parurent au moment même; & le feu de paillardise qui sortit alors de leurs yeux, fit connoître aux autres le plaisir que leur faisoit l'arrivée de deux Convives de cette espece. La Fillon fit donner des siéges, & pendant que le dîner se préparoit, on tint une conversation très-intéressante sur les plus beaux lieux communs du monde, en quoi les Anachorétes ne manquerent pas de déployer leur érudition Monastique. Par exemple, entre les questions qui furent mises sur le tapis, celle de la puanteur des urines après qu'on a mangé des asperges fut débattue avec toute la chaleur & l'esprit imaginable: on disserta beaucoup aussi sur les choux-fleurs qui ne font pas le même effet, quoique l'eau dans laquelle on les fait cuire devienne infecte au point de n'en pouvoir supporter l'odeur. Un des Peres, Prédicateur de son métier, dit à ce sujet, des choses au-dessus de la portée humaine. Il étoit en train de résoudre une question encore plus embarassante, lorsqu'on vint avertir qu'on avoit servi. La dispute, si j'ai bonne mémoire, rouloit en ce moment sur les épinards & la farce à l'ozeille: les uns vouloient que la farce à l'ozeille tînt le ventre plus libre que les épinards, les autres soutenoient le contraire, & chacun défendoit son avis avec toute la subtilité & l'éloquence que requeroit une matiére aussi épineuse; mais comme le potage refroidissoit, la question resta indécise, & l'on fut se mettre à table.

Il falloit voir de quel cœur les bons Religieux officioient. Alors on avoit beau les exciter à parler, leurs réponses n'étoient jamais que oui & non, ou simplement un signe de tête.

Cependant vers la fin du repas, la Fillon sortit, sous prétexte de quelques affaires. Les Frapparts qui n'avoient encore rien dit aux Demoiselles, tant à cause du plaisir de manger dont ils s'étoient constamment occupés jusqu'au dessert, que par la crainte de déplaire à la Dame du logis, s'égayerent peu à peu, & quelques verres de Champagne achevant de les coëffer, les Mousquetaires en enfermerent un dans mon cabinet avec l'une des deux Princesses. Le Reverend Pere Prédicateur qui avoit conservé le plus de sang froid, quoiqu'il eût sablé plus que personne, courut à la porte exhorter son camarade à la continence, Pere Pia, s'écrioit-il, craignez l'Ange séducteur & les piéges qu'il vous tend. Paroles en l'air; Pere Pia étoit déja sur moi, s'agitant & se demenant comme un possédé. Enfin, chacun eut son tour, & le Prédicateur lui-même entraîné par l'exemple, succomba à la tentation, ainsi que les autres. Il prit le bon parti, dit le Procureur: Pas tant bon, répliqua Commode, il y gagna un rhûme de chaleur dont la cure lui coûta le profit de deux ou trois années de Sermons de Carême.

Mais pour revenir au Pere Pia, l'un des Mousquetaires faisant mine de caresser la Demoiselle à qui il venoit de prodiguer son encens; Ah! Monsieur, s'écria-t'il: Par pitié, ne nous enviez pas ce petit quart-d'heure de récréation: Vous autres gens du monde, vous en trouvez les occasions quand il vous plaît, cela ne vous manque pas plus que le boire & le manger; mais de pauvres diables de Moines, tels que nous, n'ont pas cet avantage: Nous sommes comptables au Public & à nos Communautés de la moindre de nos démarches. Hélas! si vous nous empêchez de profiter de cette aubaine-ci, il ne s'en presentera peut-être point une semblable de six mois: Mettez-vous un moment en notre place, six mois de jeûne pour gens de bon appétit, cela fait une bien cruelle épreuve. A d'autres, cria le Mousquetaire, vous n'en faites jamais de si longue. Je vous demande pardon, répartit Pere Pia, jusqu'à ce que nous soyons dans les Dignités de l'Ordre, on observe notre conduite de plus près que vous ne l'imaginez: Nos Supérieurs sont des tyrans qui n'en veulent que pour eux.

De si sages & judicieuses remontrances furent reçues comme elles devoient l'être, continua le Chevalier, & les Moines & les filles ayant sacrifié à Venus & à Bacchus jusqu'à n'en pouvoir plus; on termina la fête en les mettant tous à la porte dans l'état où ils étoient. Cela n'est guéres charitable, dit la Procureuse. Ah! les coquins! repartit Commode, plut à Dieu les eût-on renvoyés avec cent coups d'étrivieres: ils m'ont tellement contaminé & disloqué ce jour là, que la Filon me jugeant incapable de servir davantage, fut obligée de se défaire de moi.

CHAPITRE IX.
Des joueurs de convulsions achetent le canapé.

La sort me fit tomber dans une maison de convulsionaires; mais j'avois été si maltraité dans ma premiére condition, qu'on me réduisit presque en canel à la troisiéme ou quatriéme séance; de façon que mes nouveaux hôtes songerent encore à me réformer… Oh! parbleu, interrompit le Procureur, puisque vous avez été chez des convulsionaires, vous voudrez bien nous apprendre ce que sont au juste ces gens-là; on en dit des choses si merveilleuses! Merveilleuses pour les sots, répondit Commode, car les personnes éclairées & impartiales, ne seront jamais dupes de leurs friponneries. C'est une espece d'enthousiastes ou de fous, comme il vous plaira, détachés d'une secte à laquelle il étoit difficile autrefois de refuser son estime, mais qui s'est dégradée par de mauvaises parades qu'elle fit representer, il y a quelques années, dans un lieu saint, & s'est rendue chez les honnêtes gens aussi méprisable que son antagoniste.

Comme la sagesse du gouvernement ne se préta point aux trivélinades de ces Farceurs, ils firent depuis plusieurs bandes, & s'assemblerent dans des maisons particulieres, où ils continuent à jouer leurs fanatiques scénes. Mais, demanda la Procureuse: Quels avantages prétendent-ils tirer de toutes ces folies? Ceux d'en imposer au peuple crédule, de gagner sa confiance & de se rendre dans la suite, s'il est possible, un parti considérable. L'honneur d'être à la tête d'une Secte pour ces sortes de gens affublés de noir, n'est pas moins flatteur & délicieux que celui d'avoir le commandement général d'une armée. La vaine gloire & l'ostentation sont les mêmes dans le cœur de tous les hommes; elles ne font que changer d'objets selon les diverses professions qu'ils embrassent. Vous n'avez donc rien trouvé, poursuivit la Procureuse, de fort extraordinaire dans ce que font ces sortes de Bateleurs? Non, en verité, répliqua Commode, leurs plus beaux tours de force, d'adresse & d'équilibre, ne valent pas, à beaucoup près, ceux de la Troupe des sieurs Colin & Restier, & je puis vous assurer, que le premier Convulsionaire du monde, n'est pas digne d'être mis en parallele avec le dernier Sauteur de la Foire. Songez-vous, dit le Procureur, que vous offensez une infinité d'honnêtes gens par un parallele aussi inégal? Il ne l'est pas tant que vous le croyez, répartit le Chevalier; s'il y a des personnes d'un rang distingué qui se mêlent de convulsioner, on peut vous en citer qui dansent sur la corde, voltigent, marchent sur les mains & hazardent le saut périlleux sur des matelats: Jamais les Seigneurs n'ont eu tant d'émulation qu'aujourd'hui pour tous les exercices, excepté pour ceux qui conviennent à leur état. Cela est bien louable, reprit le Procureur. Au moins, continua Commode, tout le mal qui peut arriver d'un goût si extravagant, c'est de se casser le cou; & dans la société quelques cous de plus ou de moins ne font pas une affaire. Mais, morbleu, s'étudier à gâter la cervelle du pauvre monde par de sacriléges histrionades, c'est ce que je ne puis digérer; & si j'en étois crû... Vous n'êtes point l'Apôtre des Convulsionaires, interrompit la Procureuse. Ce seroit l'être d'une bande de Scélerats, répliqua le Chevalier. Combien de jolies filles ne m'ont ils pas fait passer sur le corps, pour n'y faire autre chose que des grimaces & des contorsions horribles! Vraiment, dit le Procureur, ce n'étoit point là votre compte: Je ne suis pas surpris que vous soyez si mécontent; avec des personnages de cette espece, vous auriez pû mieux employer votre tems. Il est vrai, répondit Commode, mais c'étoit ma destinée de n'être plus employé au déduit que chez vous, comme vous allez voir.

CHAPITRE X.
Le Canapé vendu à une Dévote, les peines & les mortifications qu'il essuye à son service.

Je vous ai déja dit que mon dernier exercice de chez la Fillon m'ayant réduit dans un état qui faisoit pitié, il n'étoit pas possible que je demeurasse long-tems où la fatigue étoit si grande: aussi me vendit-on bien-tôt. Ce fut une dévôte qui m'acheta: cela faisoit une condition tranquille, à la verité, mais ennuieuse au-delà de toute expression.

Ma très-révérente & dégoutante Maîtresse me fit placer dans sa chambre, de sorte que j'avois l'avantage d'être toûjours en sa présence, & celui de l'entendre faire ses oraisons. Tout son train & sa compagnie ordinaire consistoient en une idiote de servante, un chat, un chien & un vieux Directeur qui l'aidoit charitablement à médire de son prochain, & à manger son revenu. Cet homme-là étoit bien complaisant, dit la Procureuse; tous ceux de sa profession le sont extraordinairement, repartit le Chevalier, sur tout quand ils trouvent leur avantage à l'être: celui-ci n'eut point à se repentir de l'avoir été; car la bonne Dame lui légua tout son bien au préjudice d'un frere qui n'étoit rien moins qu'à son aise. Quoi, cette malheureuse se piquoit de pieté & commit une injustice aussi criante! Que vous connoissez peu les priviléges de la dévotion, s'écria Commode! ce qui seroit inique pour des profanes, tels que nous, ne l'est nullement pour les dévôts. Ils ont fait un concordat avec le Ciel qui les dispense de bien faire. Une action dont la noirceur révolteroit l'humanité chez les gens ordinaires devient, par leur crédit, une action digne d'être gravée dans les fastes & proposée à l'univers pour exemple. Et quel étoit, demanda le Procureur, votre emploi dans cette Boutique? je servois à tout hormis à l'essentiel, répondit le Chevalier; & jamais le nom de Commode ne me convint mieux qu'en ce lieu-là.

Monsieur Ventru, c'étoit le nom du Directeur, gromeloit ordinairement son Breviaire sur moi, ou y reposoit sa sainte personne après le repas; & le bon-homme ayant le défaut, ainsi que ses semblables, de manger un peu goulument, donnoit, sans façon, carriere à son ventre, & m'empoisonnoit tous les jours par les vapeurs d'une fausse digestion. La peste soit du bouc, dit le Procureur, en se portant la main au nez! Ce n'est point là le pire, continua Commode, la Dévôte prenoit journellement un anodin; & comme vous sçavez que cela ne se prend pas si exactement qu'il ne s'en échape toujours quelque chose, j'avois la mortification d'humer ce qu'elle ne pouvoit retenir. Il arriva même un jour, que je pensai être noyé par la méprise de la Servante: c'étoit elle qui étoit chargée du soin d'abreuver le derriere de Madame. L'innocente Jeanne ayant mal pris cette fois là ses dimensions, lui échauda le canal de l'urétre & ses dépendances. La bonne Dame, peu habituée à être injectée en pareil endroit, serra les fesses, & emporta la canulle d'un coup de croupe; de maniere que je ne perdis pas une goutte de la décoction. Et que fit-on à la pauvre Jeanne, demanda le Procureur, pour l'expiation d'une semblable faute? On la condamna à recevoir vingt coups d'étriviéres; laquelle Sentence M. Ventru prit la peine d'exécuter dans la minute; & ce fut sur moi que la tragédie se passa. Jeanne reconnoissant son crime se coucha modestement, & livra son derriere à la merci du vieux Directeur, qui, malgré sa résignation, ne lui fit grace de rien. Ces gens d'Eglise, dit la Procureuse, sont sans pitié. Il est vrai, répartit Commode; la dureté de cœur est un défaut qu'on leur reproche avec justice; mais en telle circonstance, un homme du monde n'auroit pas été plus traitable: Jeanne étoit jeune & jolie, elle avoit la peau belle & de l'embonpoint: Tant de charmes flattoient trop la vûe pour ne pas mettre à profit les instans où il étoit permis de les admirer; & comme cela ne se pouvoit faire décemment qu'à l'occasion de la peine infligée à la patiente, le bon-homme Ventru ne se pressoit pas de finir, & comptoit distinctement tous les coups qu'il lâchoit, ainsi que tout paillard, Prêtre ou non, auroit fait en sa place… La pauvre fille! interrompit le Procureur, il falloit qu'elle eût bien de la patience. Par sangbleu, repliqua le Chevalier, il falloit que j'en eusse bien davantage moi. Ce n'étoit point assez que je fusse sans-cesse infecté & sali par les deux plus vilains derrieres de France, j'étois encore le souffre-douleur des bêtes de la maison. Théatre éternel des querelles du chien & du chat, j'avois toujours à pâtir de leur mesintelligence. Le moindre petit os à ronger, allumoit entr'eux une guerre civile dans laquelle j'héritois d'ordinaire maints coups de griffes & de dents: Maître Minet, même en sa meilleure humeur, aiguisant nonchalamment ses ongles crochus sur ma peau, me découpoit chaque jour quelque partie du corps. Et Monsieur est témoin que j'étois presque en lambeaux, lorsque Madame eut la courtoisie de prendre congé de ce monde, pour aller en l'autre.

CHAPITRE XI.
Le Canapé entre chez le Procureur, & y recouvre sa premiére forme au bout de dix ans.

Délabré & déguenillé, comme je l'étois alors, il n'y avoit qu'un Philosophe, ou un homme ennemi de l'ostentation tel que vous, qui pût se charger d'un aussi mauvais meuble que moi. Enfin, vous fûtes assez modeste pour ne me pas juger indigne de décorer votre cabinet. Eh! Mais, dit le Procureur, vous n'aviez pas mauvaise façon, quand ma niéce vous eut racommodé, vous étiez comme tout neuf. Tudieu, repartit le Chevalier, vous parlez d'une fille d'un grand merite; je n'ai jamais vû coudre & tricoter de meilleure grace. Avouez, Papa, que vous en étiez un peu féru, & qu'il n'a point tenu à vous d'avoir quelques privautés incestueuses avec elle. Vous souvenez-vous d'un jour que la trouvant endormie sur moi, vous lui glissâtes une main sous la jupe? Oh! répliqua-t-il, c'étoit seulement pour voir si elle étoit chatoüilleuse. Votre Maître-Clerc, reprit Commode, eut la même curiosité un matin que vous étiez au Palais: Je croyois, ma foi, qu'elle étoit en létargie. Quoi? poussa-t-il les choses assez-loin pour... Belle demande! Il s'y prit si legerement, qu'il fit tout ce que vous aviez envie de faire; & il n'y eut que cela qui l'éveilla. Ah, la coquine! Peut-on avoir le sommeil si dur? J'aurois répondu, sur ma tête, de la sagesse de cette fille-là. Mais, repartit le Chevalier, vous n'auriez point eu tort, Mademoiselle votre niéce fesoit une fille aussi sage qu'une autre. Comment, morbleu, vous appellez sage une malheureuse qui s'abandonne à un faquin de Clerc... Eh! sçait-on ce que l'on fait quand on dort? Dès que la raison & le jugement ne sont point de la partie, toutes les actions sont indifferentes; or vous sçavez que dans le sommeil on extravague plus qu'on ne raisonne... A la bonne-heure, interrompit l'homme de chicane, il est tout simple d'extravaguer en dormant; mais que l'on fasse des enfans sans s'en appercevoir, c'est ce qu'on ne me persuadera point. Vraiment, répondit Commode, je ne dis pas que votre niéce ne se soit point apperçue de quelque chose, mais la besogne étoit déjà si avancée, lorsqu'elle s'avisa de le sentir, qu'il y auroit eu du ridicule à elle de vouloir l'interrompre.

Le Chevalier avoit à peine cessé de parler, qu'on heurta à la porte du cabinet. C'étoient plusieurs aimables de la nôce, qui s'impatientant de ne pas voir les nouveaux mariez, les plaisantoient à travers la serrure & leur lâchoient mille jolies petites saillies bourgeoises sur la longueur de leur tête à tête.

Commode qui n'avoit plus rien, ou très-peu de chose à dire, n'ayant entendu que le jargon barbare des Coutumes, pendant qu'il étoit chez le Procureur, fut charmé d'avoir un honnête prétexte de se taire. Il vouloit prendre congé de Monsieur & de Madame: mais on le retint de force, & il fut du souper: on prétend même que la Procureuse trouva moyen de l'introduire dans sa chambre; & que tandis que reposoit le bon-homme à qui l'on avoit eu la précaution de faire prendre un breuvage soporatif, ils veillerent tous deux au grand contentement l'un de l'autre.

Cependant le Chevalier aspirant au bonheur de revoir ses foyers, comme un Picard qui a la maladie du Pays; partit quelques jours après malgré les larmes de la Procureuse, & les promesses qu'elle lui fit de l'épouser aussitôt qu'elle auroit expédié son nouveau mari.

Le destin avoit arrêté qu'il retournât à ses premiéres amours; & la Fée Printaniere devoit être la recompense de toutes les peines qu'il avoit souffertes pour elle.

Le célébre Auteur de l'Almanach de Liége, homme digne de foi, si jamais il en fût, assure qu'il la retrouva fidéle. Quoiqu'il en soit Crapaudine consentit à leur mariage, à condition, néanmoins, que Commode, avant toute chose, répareroit amplement la faute qui avoit causé ses disgraces. Le pas étoit glissant; il y avoit tout à craindre qu'il ne faillît encore. Printaniére qui sçavoit qu'à toute sorte d'éxercices un peu d'habitude est nécessaire (elle ignoroit, sans doute, que la Procureuse y avoit pourvû) se hata de lui donner quelques leçons, puis lui ayant fait prudemment avaler une demi-douzaine d'œufs frais, avec deux cuillerées de garu, elle le conduisit chez Crapaudine.

La Princesse avoit eu soin de se précautionner d'un double lacet: pour soutenir le poids immense de sa gorge, soupçonnant que la chute imprévue d'une aussi grande quantité d'apas pouvoit jadis avoir causé au Chevalier la distraction dont elle l'avoit puni si rigoureusement.

Elle étoit mise à ravir. Coëffure en papillon, croix à la dévôte & pendeloques de strass, robbe & jupon de taffetas gorge de pigeon en falbalas, chaussure à l'Angloise, panier du Pont-au-Change, & tant de jolies choses relevées par deux grandes mouches sur les temples avec un petit œil de vermillon.

Commode ne put s'empêcher de faire un éclat de rire, la voyant ainsi parée. Heureusement son Altesse, qui avoit très-bonne opinion d'elle-même, attribua ce mouvement de guaïté au plaisir qu'il avoit de la revoir. De maniere qu'il fut très-bien accueilli. Enfin, grace au garu & aux œufs frais, il obtint son pardon, & deux jours après son mariage ayant été declaré avec Printaniere, Crapaudine, pour l'attacher à sa maison; créa la Charge de Grand Sarbacanier de la Couronne, dont elle le revêtit à cause des talens extraordinaires qu'il avoit montrés autrefois pour le noble exercice de la Sarbacane.

FIN.

Booksophile
Your Local Online Bookstore

Buy Books Online from

www.Booksophile.com

Explore our collection of books written in various languages and uncommon topics from different parts of the world, including history, art and culture, poems, autobiography and bibliographies, cooking, action & adventure, world war, fiction, science, and law.

Add to your bookshelf or gift to another lover of books - first editions of some of the most celebrated books ever published. From classic literature to bestsellers, you will find many first editions that were presumed to be out-of-print.

Free shipping globally for orders worth US$ 100.00.

Use code "Shop_10" to avail additional 10% on first order.

Visit today
www.booksophile.com

www.ingramcontent.com/pod-product-compliance
Lightning Source LLC
Chambersburg PA
CBHW022034190326
41519CB00010B/1709